À PETITS PETONS

Sous la direction littéraire de
Céline Murcier

QUATRE AMIS DANS LA NEIGE

Une histoire contée par
Praline Gay-Para
illustrée par
Andrée Prigent

Demain c'est Noël.
Il neige, il gèle !
Pour se réchauffer, la poule n'arrête pas de marcher,
du poulailler à la ferme, et de la ferme au poulailler.

La poule entend le fermier
qui aiguise son couteau...
chchchic chchchic

... et qui chante :

Demain c'est Noël
chchchic chchchic
On va se régaler
chchchic chchchic
La poule est grassouillette
chchchic chchchic
Quel bon repas de fête
chchchic chchchic
Bien rôtie, bien farcie
Hmmm !

La poule prend ses pattes à son cou
et file à travers les champs enneigés :
potok, potok, potok

Elle tombe nez à nez avec le chat :
– *Qu'est-ce que tu fais dans ce froid ?* dit le chat.
– *Suis-moi,* dit la poule.
Si tu ne me suis pas, pour le repas de Noël,
c'est toi qu'on cuira.

Le chat suit la poule :
plitch, plitch, plitch

La poule et le chat
courent dans la neige :
potok, potok, potok
plitch, plitch, plitch

Ils rencontrent la vache dans son enclos.
– Qu'est-ce que vous faites dans ce froid ?
dit la vache.
– Suis-nous, dit la poule.
Si tu ne nous suis pas, pour le repas de Noël,
c'est toi qu'on cuira.

La vache suit la poule et le chat :
platch, platch, platch

La poule, le chat et la vache courent dans la neige :
potok, potok, potok
plitch, plitch, plitch
platch, platch, platch

Ils croisent l'âne, au milieu du chemin.
– *Qu'est-ce que vous faites dans ce froid ?* dit l'âne.
– *Suis-nous,* dit la poule.
Si tu ne nous suis pas, pour le repas de Noël,
c'est toi qu'on cuira.

L'âne part au trot derrière la poule, le chat et la vache :
plapata, plapata, plapata

La poule, le chat, la vache et l'âne courent dans la neige :
potok, potok, potok
plitch, plitch, plitch
platch, platch, platch
plapata, plapata, plapata

Les quatre amis courent, courent, courent dans la neige
jusqu'à la tombée de la nuit.
Le vent les glace, leurs pattes glissent.
Il fait nuit noire. Il fait un froid de canard.

Très loin sur une colline, ils aperçoivent une petite lumière.
C'est une toute petite maison.

La poule, le chat, la vache et l'âne grimpent
jusqu'au sommet de la colline.

Ils arrivent devant la maison.
Ils collent l'oreille à la porte…

… et entendent une petite grand-mère qui chantonne :

Quel triste Noël !
Ah ! si seulement j'avais
Une vache qui me donne du lait
Un âne pour m'accompagner
Une poule dans mon poulailler
Et un chat pour me réchauffer !

Les quatre amis ouvrent la porte, entrent et crient :
– *Nous voici !*

La petite grand-mère rit de toutes ses dents :
– *Quel beau cadeau !*
Faites comme chez vous mes amis !

La vache et l'âne s'installent dans l'étable,
la poule dans le poulailler
et le chat saute sur les genoux de la petite grand-mère,
se pelotonne dans son tablier et se met à ronronner.
La petite grand-mère est toute contente.
Elle se met à chanter :

Joyeux Noël
La vie est belle
Maintenant j'ai
Une vache qui me donne du lait
Un âne pour m'accompagner
Une poule dans mon poulailler
Et un chat pour me réchauffer !

La poule, le chat, la vache, l'âne et la petite grand-mère
ne se sont plus jamais quittés.
C'est la vérité.